AF363722

21 Mai 1895.

P

VENTE
Volontaire par suite de décès
DU MARDI 21 MAI 1895
HOTEL DROUOT, SALLES N° 9 et 10
A DEUX HEURES

OBJETS D'ART
ET DE

Riche Ameublement
ayant été fournis par

BRAQUENIÉ, SORMANI, BARBEDIENNE, BEURDELEY, etc.

IMPORTANT SALON

TAPISSERIES
d'après les Maîtres de l'École Française
DU XVIII° SIÈCLE

TABLEAUX — SCULPTURES — ARMES

M' G. DUCHESNE

Commissaire-priseur

6, Rue de Hanovre, 6

M. A. BLOCHE

Expert

28, Rue de Châteaudun, 28

EXPOSITIONS

PARTICULIÈRE	PUBLIQUE
Dimanche 19 Mai 1895	Lundi 20 Mai 1895
DE 2 H. A 5 H. 1 2	DE 1 H. 1 2 A 5 H. 1 2

NOTA : Entrée particulière par la rue Grange-Batelière

C. 412

IMPRIMERIE ARTISTIQUE

E. MÉNARD & Cie

Bureaux et Ateliers: Paris — 8, Rue Milton

CATALOGUE

DE

BELLES TAPISSERIES

d'après

**Boucher, Casanova, Gérard, Hubert-Robert
Van-Loo, Pierre et Vien**

Important Salon d'après Casanova

De **BRAQUENIÉ**

BEAUX MEUBLES ORNÉS DE BRONZES DE SORMANI

Marbres d'Hippolyte Moreau

Anciennes Porcelaines montées et non montées

BRONZES DU XVIIIᵉ SIÈCLE

ET AUTRES DE BEURDELEY & DE BARBEDIENNE

Beaux Pistolets Louis XV

TABLEAUX ANCIENS ET MODERNES

TENTURES

DONT LA VENTE VOLONTAIRE

PAR SUITE DE DÉCÈS

AURA LIEU

HOTEL DROUOT, SALLES Nᵒˢ 9 et 10

LE MARDI 21 MAI 1895, A 2 HEURES

Mᵉ **Georges DUCHESNE**	**M. A. BLOCHE**
Commissaire-Priseur	*Expert*
6, Rue de Hanovre, 6	28, Rue de Châteaudun, 28

Chez lesquels on trouve le présent Catalogue

EXPOSITION PARTICULIÈRE : *Le Dimanche 19 Mai 1895, de 2 à 5 h. 1/2*

EXPOSITION PUBLIQUE : *Le Lundi 20 Mai 1895, de 1 h. 1/2 à 5 h. 1/2*

CONDITIONS DE LA VENTE

Elle sera faite au comptant.

Les Acquéreurs paieront CINQ POUR CENT en sus des enchères.

Aucune réclamation ne sera admise une fois l'adjudication prononcée.

Paris. — Imp. artistique E. Ménard & Cⁱᵉ, 8, rue Milton

TAPISSERIES

1 — Magnifique suite de sept tapisseries exécutées par Braquenié, représentant des sujets mythologiques d'après Boucher, Pierre, Vien, Van Loo, Gérard, etc.

Avec bordures fond jaune d'or et ocre simulant des encadrements.

La première représente : l'*Enlèvement de la belle Europe*, composition de neuf personnages, d'après PIERRE. Nymphes et amours autour de Jupiter sous l'aspect d'un taureau paré de fleurs, dans un paysage des plus souriants.

Avec bordure.

Larg. 4 mètres, haut. 3 mètres.

2 — La seconde : *La Toilette de Psyché*, d'après BOUCHER, composition de quatre personnages : La déesse assise en face d'un coquet miroir est

entourée de ses nymphes. Fond de paysage avec pièce d'eau monumentale offrant des amours et des enfants sur des dauphins.

Avec bordure.

Larg. 2^m35, haut. 2^m90.

3 — La troisième : *Les servantes de Flore* préparant des corbeilles et des guirlandes de fleurs près du temple de la déesse, d'après Van Loo.

Bordure en haut entourée de franges.

Larg. 2 mètres, haut. 2^m70.

4 — La quatrième : *Le sacrifice à Vénus*. Deux nymphes portant des corbeilles de fleurs viennent immoler des colombes sur un autel consacré à la déesse, d'après Vien.

Larg. 1^m80, haut. 2^m45.

5 — La cinquième : *Le sacrifice à Pomone*, d'après Van Loo. Dans un parc, devant la statue représentant la déesse, deux nymphes viennent avec des fleurs.

Larg. 1^m90, haut. 2^m60.

6 — La sixième : *L'offrande à Cérès*, d'après
Vien. Une nymphe invite une de ses compagnes
à porter une corbeille de fruits au temple de
Cérès qui s'élève à gauche, à droite un riant
paysage.

Larg. 1ᵐ60, haut. 2ᵐ60.

7 — La septième : *L'offrande à Vénus*, d'après
Boucher. Une nymphe descendant l'escalier d'une
terrasse sur laquelle est accoudée une jeune fille,
porte une corbeille de fleurs à Vénus gra-
cieusement étendue sur un tapis et des coussins,
jouant avec un perroquet.

Larg. 1ᵐ35, haut. 2ᵐ45

8 — Très belle tapisserie représentant la Chasse
aux canards, d'après Casanova. Importante composition de dix-neuf personnages en costume du
XVIIIᵉ siècle. Dans des barques des chasseurs
tirent les volatiles qui prennent leur vol vers des
collines, des dames en élégants atours sont assises
dans les embarcations sur des coussins de velours
cramoisi. Un batelier met dans la gueule d'un
chien un canard à porter à des servants qui, au
pied d'un escalier monumental conduisant à la
terrasse d'un parc, tiennent un panier plein de

canards. En haut de cet escalier et sur la terrasse des personnages en costumes Louis XV, suivent les péripéties de la chasse. Travail de Braquenié.

Bordure à encadrement et avec franges.

Larg. 5 mètres, haut. 3″5o.

9-10 — Deux tapisseries représentant des vues des environs de Gênes, marins et nombreux personnages, pêcheurs, paysannes, voyageurs gagnant la côte. Exécutées par Braquenié, d'après les cartons de Ch. Deshayes.

Première : Larg. 1″78, haut. 2″55.
Deuxième : Larg. 1″78, haut. 2″5o.

11 — Tapisserie d'après Hubert Robert représentant un pêcheur dans une barque, des lavandières, des paysannes et des enfants au milieu d'un paysage d'Italie avec palais à escalier monumental. Travail de Braquenié, encadrée de velours rouge.

Larg. 1″46, haut. 2″10.

12 — Tapisserie d'après Hubert Robert, représentant un Palais italien, avec grand escalier monumental conduisant dans un parc, au centre une pièce d'eau, autour des personnages. Travail de Braquenié, encadrée de velours rouge.

Larg. 1″46, haut. 2″10.

13-16 — Suite de quatre charmantes tapisseries représentant des scènes champêtres à petits personnages dans de riants paysages aux environs d'un moulin. Travail de Braquenié.

> La première : Larg. 2^m40, haut. 2 mètres.
> La deuxième : Larg. 1^m45, haut. 2^m04.
> La troisième : Larg. 1^m10, haut. 2 mètres.
> La quatrième : Larg. 1^m10, haut. 2 mètres.

MOBILIER

17 — Très important ameublement de salon, style Louis XVI, composé d'un grand canapé, deux autres canapés plus petits, huit fauteuils et six chaises couverts de tapisseries des plus fines, à sujets d'après Casanova, travail de Braquenié, offrant aux dossiers des scènes à personnages telles que le Festin champêtre, la Partie de chasse, la Collation, la Pêche, les Confidences galantes, la Déclaration, la Surprise, les Lutineries, les Jeux d'enfants, la Balançoire, la Promenade à âne, etc., sur les sièges des allégories aux fables de La Fontaine et des sujets de chasse, bois sculpté et laqué blanc, dessin à volutes, chute de lauriers et piécettes enfilées.

18 — Beau meuble d'appui en marqueterie de bois de luxe satiné, de différents tons naturels, le milieu en ressaut s'ouvrant à une porte, décor dit vernis Martin représente, Flore, ses nymphes et les amours couronnant Apollon, charmante composition d'après Boucher, le meuble est richement garni de bronzes ciselés et dorés, flanqué sur les côtés de colonnettes à motifs superposés, dessus en marbre fleur de pêcher, style Louis XVI. Travail de Sormani.

19 — Joli meuble forme demi-lune en bois de luxe satiné avec panneau, décor dit vernis Martin représentant sur le devant : la Muse de la musique recevant les hommages des amours, sur les côtés des trophées d'attributs champêtres à fond d'or, garni de bronzes ciselés et dorés, dessus en marbre fleur de pêcher, style Louis XVI. Travail de Sormani.

20 — Belle glace avec cadre à fronton de même travail, décor dit vernis Martin, médaillon représentat l'Amour et la nymphe au tambourin, autour et comme montants des motifs inspirés des cartons de Salambier garni de bronzes ciselés et dorés, style Louis XVI, travail de Sormani. Allant avec le meuble précédent au besoin.

21 — Meuble mi-circulaire en bois de luxe satiné garni de bronzes ciselés et dorés, le haut fermant à porte pleine, décor dit vernis Martin représentant Pierrette et Arlequin d'après Watteau, les côtés offrent des trophées de musique champêtres en marqueterie de bois de différents tons naturels, style Louis XVI. Travail de Sormani.

22 — Table à thé à volets, pieds forme lyres, en bois de luxe satiné, filets de marqueterie, garnie de bronzes dorés, style Louis XVI.

23 — Très jolie table de salon en bois rose, acajou et satiné, se développant à rallonges adhérentes, piètement avec motifs d'entre-jambe, garnie de bronze finement ciselés et dorés à guirlandes de vignes entrelacées, nouées par des nœuds de rubans, reliées par des carquois, les pieds ornés de chutes de raisins et de feuillages suspendus à des culots d'acanthe, style Louis XVI. Travail de Sormani.

24 — Jolie table de même forme moins grande en bois de rose, acajou et satiné, garnie de bronzes finement ciselés et dorés à arabesques de rinceaux fleuris et feuillagés, avec chutes et culots à feuillages, style Louis XVI. Travail de Sormani.

25 — Jolie petite table de nuit forme Louis XV, décor dit vernis Martin à médaillons, sujets Watteau et trophées de musique champêtres sur fond d'or et aventuriné, garnie de bronzes ciselés et dorés. Travail de Sormani.

26 — Jolie petite table-bureau forme Louis XV, décor dit vernis Martin fond d'or à sujet champêtre d'après Boucher, ornements et guirlandes de fleurs, garnie de bronzes dorés à rocailles.

27 — Six beaux décors de fenêtres en brocatelle de soie havane, dessin ton sur ton à semis de fleurs de lis sur champ quadrillé, composés chacun de deux rideaux avec riches draperies, garnis de franges, doublés de soie. Travail de Cousin.

Haut. 2ᵐ90.

28 — Six paires de rideaux en soie jaune accompagnant les décors précédents.

29 — Ameublement de salon stylé Louis XVI en bois sculpté, laqué blanc à filets crême, couvert en brocatelle de soie semblable aux grands rideaux précédents. Il se compose de : un grand canapé, deux autres moins grands, quatre fauteuils et quatre chaises.

3o — Deux poufs, broderie à bouquets de fleurs sur
faille crême, pourtour en peluche rouge avec
longues franges et passementeries assorties.

31 — Grande bibliothèque à deux corps en bois noir
garnie de moulures de cuivre, le haut ouvrant à
portes vitrées et le bas à portes pleines.

32 — Bel ameublement de grand salon en bois
sculpté laqué blanc, parties rehaussées en ton
plus soutenu, style Louis XVI, couvert en étoffe
tramée laine et soie, havane clair avec ornements et encadrements en applications plus fon-
cées sertis de fines torsades assorties. Il se compose de : un grand canapé, deux fauteuils et huit
chaises. Travail de Cousin.

33 — Grand fauteuil et deux chaises en soie bleue
pâle, rampes de peluche mordorée.

34 — Deux décors de croisées, ciel de lit et rideaux
assortis.

35 — Deux paires de rideaux transparents assortis.

36 — Deux pliants en tapisserie et bois laqué, style
Louis XVI.

37 — Commode en marqueterie de bois et de cuivre,
garnie de bronzes dorés. Époque Louis XIV,
première période.

38 — Beau meuble de cabinet de travail : canapé
et deux grands fauteuils en velours brun et bleu
turquoise orné d'applications de broderies en
haut relief, bois de noyer finement sculpté,
montant à figures. Style XVIe siècle.

39 — Deux grands et beaux fauteuils en noyer
sculpté, montants à personnages, couverts en
velours vert, ornés d'une bande fleurdelisé et
d'un écusson en broderie. Style XVIe siècle.

40 — Belle crédence en noyer finement sculpté
d'après Ducerceau, corps principal, ouvrant à une
porte offrant en bas relief une scène mytholo-
gique, isolé sous des arcades à colonnes élégantes.
Style XVIe siècle.

41 — Très jolie vitrine en palissandre richement
garnie de bronzes finement ciselés, à guirlandes
de roses, cariatides, rinceaux et festons de rubans
avec médaillons en biscuit de Sèvres, sujets
mythologiques. Style Louis XVI.

BRONZES, MARBRES, OBJETS D'ART

42 — Belle et importante garniture de cheminée en
bronze ciselé et doré, composée : 1º d'une pendule : Groupe d'amours prenant leurs ébats dans
les nuages. Mouvement et cadran indiquant les
quantièmes, les heures, les minutes et les
secondes ; 2º deux candélabres à figurines d'enfants
portant des bouquets à neuf lumières. Travail
de Beurdeley.

43 — Garniture de cheminée en bronze doré et
marbre noir, la pendule représente Horace et
Lydie, les candélabres, des nymphes drapées
portant des bouquets à dix lumières, les socles
sont ornés de sujets en bas-relief. Travail de
Gautier.

44 — Garniture de cheminée en onyx d'algérie et bronze doré, composée d'une pendule avec statuette de sapho d'après Pradier et deux lampes forme vases avec anses à figures de sirènes. Travail de Schœneverk.

45 — Garniture de cheminée en marbre blanc et bronze finement ciselé et doré : Pendule et deux candélabres à quatre lumières. Style Louis XVI. Travail de Barbedienne.

46 — Deux lampes de satzuma, décor à personnages et ornements à rehauts d'or, montures en bronze fumé et frotté, de Barbedienne.

47 — Deux vases de Satzuma, décorés de médaillons à personnages et autres motifs variés en émaux de couleur, partie en relief et rehaussée d'or.

48 — Paire de lampes formées de vases en satzuma, décor à personnages, montures en bronze doré, pieds à chimères, de Barbedienne.

49 — Deux cache-pots du Japon, décor polychrome et or.

50-51 — Deux lustres de grands salons en bronze, garni de cristaux taillés à quarante lumières.

52 — Lustre de salon en bronze garni de cristaux à soixante lumières.

53 — Joli lustre en bronze doré. Style Louis XVI, avec guirlandes et chaînes en cristal taillé à dix-huit lumières. Travail de Barbedienne.

54 — Suspension avec jardinière au centre, en onyx d'Algérie montée en bronze doré à douze lumieres. Travail de Schœnewerk.

55 — Suspension avec jardinière en porcelaine émaillée gros bleu, et médaillons à bustes de personnages. Style moyen-âge, montée en bronze nickelé à douze lumières.

56 — Groupe en marbre : L'Amour et Psyché, d'après Canova.

57 — Belle statuette en marbre : *Mignon* œuvre originale d'Hippolyte Moreau hauteur, $0^m 75$.

58 — Belle statuette en marbre : l'*Echo*, œuvre originale d'Hippolyte Moreau, hauteur 0^m 67.

59 — Paire de bras d'appliques en bronze doré, époque Louis XVI, modèle à cariatides d'homme et de femme supportant des rinceaux à deux lumières.

60 — Très-beau cartel en bronze ciselé et doré au mat avec thermomètre à sa partie inférieure, de la fin de l'époque de Louis XVI.

61 — Très-jolie pendule en bronze doré, finement ciselé à cadran tournant : avec nymphe et amours, époque Louis XVI.

62 — Paire de bouts de table Louis XV, à deux lumières.

63 — Paire de très-belles appliques, style Louis XVI en bronze finement ciselé et doré.

64 — Deux beaux vases en granit rose oriental, montés en bronze ciselé et doré, anses à têtes de béliers auxquelles se rattachent des guirlandes décorant la panse. Style Louis XVI.

65 — Paire de gros vases avec couvercles en Chine de la famille verte, décor par compartiments à chimères, paysages fleuris et papillons.

66 — Paire de potiches avec couvercles, du Japon, décor polychrome rehaussé d'or, jardins fleuris avec figures d'enfants en relief.

67 — Deux beaux et grands cornets en vieux Japon, décor polychrome rehaussé d'or, oiseaux et volatiles sur des rochers, dans des paysages fleuris. Montures en bronze doré. Style Louis XVI.

68 — Deux chenêts en bronze, enfants sur rocailles Louis XV.

69 — Deux perroquets de Chine, décor violet et bleu turquoise, monture bronze doré à rocailles.

70 — Deux chats de Chine, fond noir, monture
bronze doré. Style Louis XVI.

71 — Statuette de satyre, en bronze, patine focnée,
socle en marbre.

72 — Aiguière de Chine, forme persane, décor polychrome, médaillons à personnages, en couleur
sur fond noir.

73 — Deux vases en porcelaine à la Reine, décor à
fleurs détachées.

74 — Lampe à trois branches en argent repoussé,
décor à guirlandes de laurier, avec écran adhérent
et mobile de contours élégants, époque Louis XVI.

75 — Vase en vieux Chine, famille verte, décor cu-
rieux à festons, personnages et objets d'ameublement, monté en bronze doré. Style Louis XVI.

76 — Lampe de bureau en bronze finement ciselé
et doré, forme serre d'aigle se terminant en tête
d'aigle, époque 1er Empire.

77 — Presse-papier formé par une levrette en bronze patine claire, sur terrassement bronze doré Louis XVI.

78 — Plat ovale de Bernard Palissy, représentant le Baptême du Christ.

79 — Coupe ronde forme rosace de Bernard Palissy.

80 — Petit plat ovale de la suite de Bernard Palissy, représentant le Baptême.

81 — Joli groupe en marbre blanc : Les deux amours se disputant un cœur.

82 — Deux cornets de Chine partie fond rose, partie fond vert dessin à rehauts d'or. Montures en bronze doré, style Louis XV.

83 — Paire de très beaux pistolets à canons finement ciselés, ensoleillés et semés d'étoiles avec trophées d'attributs guerriers, bois ornés de délicates incrustation d'or et d'argent, crosses et garnitures en argent ciselés, XVIIIe siècle.

84 — Paire de Pistolets anciens, canons gravés et
dorés, fleurdelisés, signés Penel frères, bois sculp-
tés, crosses et garnitures argent.

85 — Beau haut-relief sur marbre, attribué au
XVIIIᵉ siècle, représentant une vestale dans un
temple attisant le feu de l'autel. Encadré.

TABLEAUX

CARRIER-BELLEUSE (Louis)

86 — *Souvenir de Boulogne*. Composition de nombreux personnages.

> Grand et beau tableau.

CHAMPAGNE (Philippe de)

87 — *Portrait d'un gentilhomme* en costume de satin et de brocart d'or, regardant presque de face, avec blason dans l'angle à gauche.

> Cadre en bois sculpté et doré de l'époque de Louis XIV.

DUPUIS (Félix)

88 — *La Coquette*.

> Grand et charmant tableau.

LARGILLIÈRE (Attribué à)

89 — *Portrait d'un magistrat.*

> Ovale dans un cadre en bois sculpté et doré fleurdelisé de l'époque.

POUSSIN (Attribué au)

90 — *Beau paysage accidenté avec figures.*

TRINQUESSE (Attribué à)

91 — *Beau portrait de grande dame* de l'époque de Louis XIV représentée en Diane chasseresse, riche costume rouge brodé, garni de dentelles de Venise et parée de joyaux.

> Cadre en bois sculpté et doré du temps.